CB053481

Para Sara Donati,
que dormiu uma noite em casa
e sonhou que eu fazia um livro rosa
cujo título, *Contos da Mamãe Ursa*,
estava escrito à mão.

# CONTOS DA MAMÃE URSA

KITTY CROWTHER

*Tradução de* Luciana Veit

LIVROS DA RAPOSA VERMELHA

– Mamãe, conta três histórias – pediu o Ursinho.

– Três histórias? – perguntou Mamãe Ursa, espantada.

– Por favor, por favor, por favor! Eu disse
“por favor” três vezes.

– Começo por qual? – perguntou Mamãe Ursa.

– Por aquela que diz que é preciso dormir – disse o Ursinho.

– Combinado.

Nas profundezas da floresta, não muito longe daqui,
vivia uma guardiã da noite.

Todo entardecer, um pouquinho antes do cair da noite,
ela soava o gongo.

**Doooooonnng. Doooooonnng.**

– É hora – disse a guardiã. – A hora em que todos os pequenos e todos os grandes vão dormir.

– Só mais um pouquinho! – suplicou o peixe. – Queria brincar um pouco mais.

– Amanhã você poderá treinar seus pulos para fora d'água – disse a guardiã.

**Doooooonnng. Doooooonnng.**

– Está na hora de dormir, formiguinha.

– Só queria pegar aquele pedacinho! – gritou uma vozinha.

– Vá rapidinho, formiguinha, o sono está chegando.

A formiguinha correu para pegar o pedacinho
de pétala enquanto um bocejo escapava.
Depois seguiu para sua cidade subterrânea.

**Doooooonnng. Doooooonnng.**

– Naninha, pequeno arminho, está na hora,
sua mãe está muito cansada – anunciou a guardiã.

– Eu não tô com sono! – reclamou o pequeno arminho.

– Deite-se que o sono vai chegar. Sua linda mãe
vai lhe trazer um ovo de café da manhã.

– Hmmm! – ele exclamou.
E correndo se jogou na pelagem doce e quente da sua mãe.

– Está na hora.

**Doooooonnng. Doooooonnng.**

– O céu já está escuro. Escolha uma estrela para viajar até amanhã.

**Dooooonnng. Dooooonnng.**

A guardiã chegou enfim à sua gruta aconchegante.
Na cama, em pensamento, ela procurou uma estrela
para também atravessar a noite.

Quando, de supetão, ela sentou na cama e gritou:

– Mas quem é que vai me dizer que é hora de dormir?

E morreu de rir.

Esse era seu ritual favorito, toda noite.
Delicadamente, a guardiã pegou o gongo e fez
o mais doce e o mais suave dos sons.

Ela o ouviu ressoar muito tempo.
Depois guardou o gongo, deitou-se, escolheu
sua estrela e adormeceu.

– Ela nunca vem nos dizer que é hora de dormir.
É sempre você que diz.

– É verdade – disse Mamãe Ursa.

– Agora a segunda história: da menina com a espada,
aquela que se perdeu.

Era o dia da grande colheita. Todas as crianças
tinham encontrado uma ou duas frutas.
A mãe delas tinha pedido que trouxessem uma fruta
vermelha ou azul-escura.

Zhora sonhava encontrar uma azul-escura: uma amora.
E nessa parte da floresta não havia nenhuma.
“Mais longe, perto dos lagos”, pensou,
cheia de coragem.

– Viva! – exclamou.

Ela tinha descoberto a mais bela amora
de toda a floresta. Agora Zhora precisava descobrir
o caminho de volta, e isso era um pouquinho
mais difícil...

“E agora?”, se perguntou Zhora.
Fazia horas que andava em círculos.
Ela havia passado corajosamente por arbustos,
espinhos e urtigas. Um barulho surgiu atrás dela.
Um galho se quebrou.

Pernas pra que te quero! Ela saiu em disparada
segurando firme a espada e a cesta.

– Oi! Sou o Jacko Mollo, e você?

– Zhora – ela disse, quase sem respirar.

– Muito bonita a sua espada. Bom, deixa eu
te explicar o plano. Vamos nos abrigar e comer
essa deliciosa amora. Tem uma coruja esfomeada
rondando por aqui. Eu poderia levar você
de volta para sua casa, mas é muito perigoso.
Vamos nos refugiar na minha casa? Pode ser, Zhora?

– Essa coruja é muito grande?
De que tamanho? – perguntou ela.

Jacko Mollo a olhou estupefato.

– Tá bom, tá bom! – Zhora gritou. – Vou com você.

Eles chegaram ao alto de uma árvore imensa,
a uma cabana feita com galhos de pinheiro.

Zhora não teve vertigem nem nada.
Sentia-se muito feliz de estar lá.

Jacko Mollo disse:

– E agora é hora de dormir.

Depois de uns minutos, completou:

– Assim é muito mais confortável, não?

– Sim… Na verdade, não,
de jeito nenhum – respondeu Zhora.

Por fim, ela se enrolou, cobriu-se com uma folha
e dormiu protegida.

De manhãzinha ouviu ao longe seus irmãos
e suas irmãs a chamarem. Ela saboreou mais um pouco
o calor da cama e ficou muito feliz só de pensar
que ia contar sua grande aventura.

Tudo era simplesmente sublime.

– Adoro as amoras, quase tanto quanto o mel – disse
o Ursinho. – Vamos colher algumas logo?

– Claro – disse Mamãe Ursa. – Que história
você quer por último?

– A do homem com seu casaco enorme
que perdeu o sono.

Era um ser pequeninho que se chamava Bo
e nunca tirava o casaco.

Vivia em um velho ninho que tinha trocado
por um reloginho de prata com uma velha coruja
meio lelé.

Ela lhe deixou algumas plumas para a cama,
depois fez as malas e partiu de seu buraco.

Apesar das plumas macias, noite após noite,
Bo não conseguia dormir.

Cada noite parecia com todas as outras.
Impossível encontrar um tiquinho de sono.

Bo foi então para o bosque procurar seu sono.
Ele sabia muito bem que aquilo podia durar até
o amanhecer.

Chegando à margem do imenso mar, Bo se perguntou
se seu amigo, a lontra Otto, ainda estaria acordado.
E se estaria escrevendo poemas nas pedras para,
em seguida, lançá-las ao mar.

– Ainda com problemas de sono? – perguntou Otto.

– Sim – suspirou Bo.

Otto olhou para a água. E disse:

– Por que você não vai nadar?

– Sou muito friorento – reclamou Bo.

– É só não tirar o casaco – propôs Otto.

A água cintilava lindamente.

Bo se levantou, tirou os sapatos, deu o chapéu ao amigo e entrou no mar.

Para a grande diversão de Otto.

Ele nadou um pouco. Sentiu-se leve e todo feliz.

Debaixo d'água, encontrou uma pedra-palavra de Otto.
Ele a colocou no bolso e subiu para a superfície.

Bo saiu do mar, olhou o amigo e disse:

– Fique com o chapéu.

– Seu chapéu preferido?

– Eu tenho outros, não se preocupe.

E continuou, enquanto partia:

– Ei, Otto! Encontrei uma de suas pedras-palavras!
Otto o saudou de longe com o chapéu.

Bo sentiu a delícia de estar na sua cama.
No mesmo instante que repousou a cabeça,
caiu no sono.

Ele nem se perguntou se foi graças ao banho de mar,
ao fato de ter encontrado uma pedra-palavra,
ou porque tinha um amigo maravilhoso.

Ou talvez fosse um pouco por causa dos três.

– Ele deve estar feliz agora – disse o Ursinho.

– Sim – respondeu a mãe.

– Eu queria muito uma pedra-palavra – disse o Ursinho.

– Se você quiser, faremos uma amanhã, porque agora é hora de nanar.

Mamãe Ursa beijou o Ursinho e murmurou:

– Escolha sua estrela para acompanhar você até amanhã.

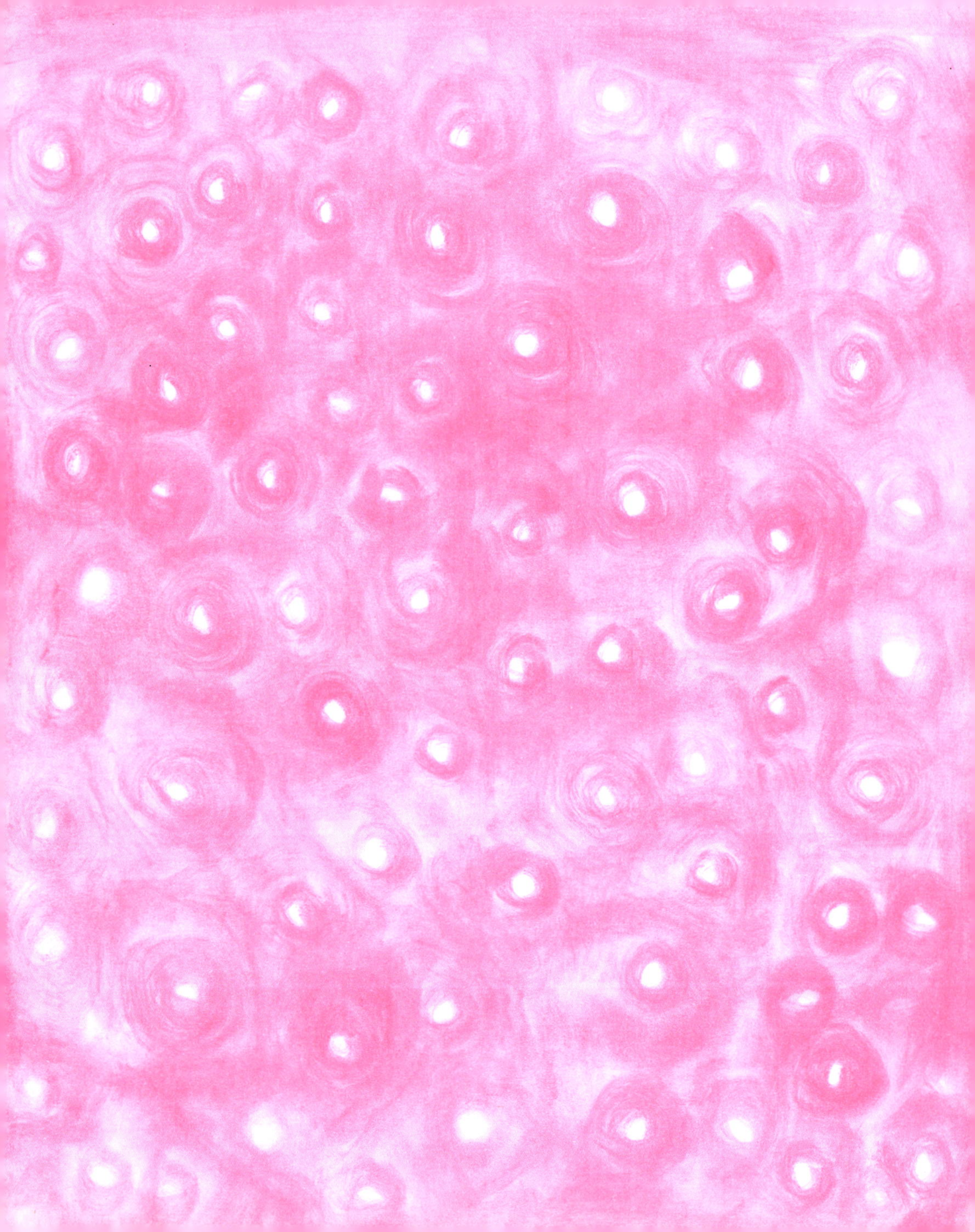

Título original: *Sagor om natten*


www.livrosdaraposavermelha.com.br

Diretor editorial: Fernando Diego García
Diretor de arte: Sebastián García Schnetzer
Tradução: Luciana Veit
Acompanhamento editorial: Helena Guimarães Bittencourt
Preparação: Ana Alvares
Revisão: Marisa Rosa Teixeira

Dados Internacionais de Catalogação na Publicação (CIP)
(Câmara Brasileira do Livro, SP, Brasil)

---

Crowther, Kitty
Contos da mamãe ursa / Kitty Crowther ; tradução de Luciana Veit.
Ubatuba, SP : Livros da Raposa Vermelha, 2019.

Título original: Sagor om natten
ISBN 978-85-66594-40-9

1. Contos - Literatura infantojuvenil I. Título.

19-30165 CDD-028.5

---

Índices para catálogo sistemático:
1. Contos : Literatura infantil 028.5
2. Contos : Literatura infantojuvenil 028.5

Cibele Maria Dias - Bibliotecária - CRB-8/9427

ISBN 978-85-66594-40-9

Primeira edição: novembro 2019
Segunda tiragem: abril 2023